COAL SACK
銀河短歌叢書5

窓辺のふくろう

奥山 恵 歌集

歌集　窓辺のふくろう

目次

歌集

窓辺のふくろう

奥山恵

Ⅰ　窓辺のふくろう

午後のひかりに自転車きらり留まりたる時間がかくもうつくしいこと

むこうみずは天才、または魔法なりとゲーテ言う春の嵐うまれて

物語に賢人は言う「川になれ」と　目瞑りわれの流れを探る

ブルーセージが秋をそよげりふるさとに小さな店をわれは建てたり

三年かけて父の作りし木の書棚ここだけの空気占め店となる

裏の林で拾いて来たる枝ならべＢＯＯＫの文字を看板となす

ハックルベリーは少年の名また果実の名風に昂り伸びゆくみどり

店先にはツツジ科スノキ属ビルベリーを植える

店の名に「ハックルベリー」をもらいうけ若きベリーの樹を探したり

選びし本の濃さを確かめつつ並べひとりこっそり齧る黒糖

待ちながら暮れてゆく店お話の中ならそろそろ子狐も来る

絵とことばたちのぼるゆえ幼子の両腕にしかと抱かれる絵本

幾通りもの企業の論理すり合わせ霧にまぎれゆく「創業計画書」

アフリカオオコノハズク（White-faced Owl）と暮らし始める

「木葉木菟《このはずく》」「White face」と名を持てる小さきちいさき来訪者なり

オレンジの円き眼をしてふくろうはからりと見上げからりと逸らす

ひざの上に眠きふくろう撫でおれば背骨はかなくわが指震う

食うことはまこと苦しくふくろうの子はぴりぴりと目を閉じて食う

マウス一匹ひたひたと食うふくろうのひゅうと鳴くゆえ泣きたくなりぬ

目の前でまさしく命食ういのち　砂《さ》嚢《のう》より発光したるふくろう

明日は明日ふくろうの子の灰色の羽根また黒くまた白くなる

*

かぼちゃまず側面にすいと刃を入れてやわらかき胸よりちからを下ろす

思いなきことば拾うはさびしかりジョバンニの平たい活字函鳴る

銀河鉄道の世紀であった　夢の縁《へり》惑ういのちを拾おうとして

恋しいひとは君に重ねる君はもう何色ほどの一人《いちにん》だろう

枝垂れ桜のしだれの先にも花ともり落ちそうで落ちやしないたましい

森と水辺と行き来して飛ぶ里鴉たぶん一途に育むものあり

黒鞘も弾けカラスノエンドウが潔く立ち枯れてゆく陽に風に

逢いにゆくときに必ず川を越す空がわたしをわしづかみする

ジャスミンと鉄観音のブレンドでわれは腹から草になりたい

うたた寝てわれは煎餅くさくなり君の背中に時間を問えり

白く小さな魚食うゆうべ花冷えの身にあまやかに降りくるいのち

パパイヤのサラダはわれの眼の洞に薄緑色の風を吹き込む

真夏日に胸の粉雪降らせつつクリスマス雑貨の仕入れに迷う

クリスマスの本読み漁りわが店の冬の景色が少し見えくる

*

棒とタオルとひもの簡素なふらここにすずしくとまる窓辺のふくろう

犬や鳥横切れば羽角《うかく》とがらせて窓辺のふくろう一心に見る

すいすいと道ゆくだれも窓辺より見下ろすふくろういるとは知らず

窓辺よりぱっと飛びのくふくろうの闇に見るものわれには見えず

やや高き声音で語りかけるときわれ楽しふくろうぴるると応う

ふくろうと瞳かさねてわたくしは顔だけになる顔だけで飛ぶ

「曲がって曲がってこの子お店に来ちゃいます」くつくつあるきはじめの男の子

おさな子は坂道がすき店先のわずかな斜面おりてのぼって

商業高校の教員だった

生徒らと学びし複式簿記いまや一桁一桁増すリアリティ

商いの浮き沈みおぼろに見えてきてめぐりくる秋のシャッター上げる

物語の中でせいせいと泣いている子がいてわれに涙をくれる

デパ地下でさめた惣菜選びつつ女三代記今夜は読まん

ママが本選ぶあいだを抱きとりしみどりごの匂いしばらく胸に

悔しさにしっかりと泣け少年よ小鳥来てきみを慰めるまで

*

雨だれはいびつな球体なるという重すぎたれば空に散らばる

台風が遠くの海を北上しわが風は耳でからまわりする

逢うために旅をし独りになるために旅をし芭蕉のふるさとの道

奥へ奥へと芭蕉生家はほのぐらくその奥庭にばさりと〈芭蕉〉

どれだけの縁《えにし》の数だけどれだけの秘密あるらん秋の宿りの

ヒトは行きクマは来るゆえ森ゆらぎ「遭う」とはときにさびしき言葉

柚子の香が沁みる白菜づけを噛み透明度増す冬の大気は

地熱にて温められし獣園に真冬の鰐《わに》の半開きの生

子どもたちとワークショップ

赤の上に青をのせちゃうひらめきにくじらは尾より虹色になる

大くじら下顎のひだは鍵盤に描きかえられて絵は歌いだす

われにはわれの忘れられざるひとありて君が琥珀のように眠る夜

「不安も夢の一部」とやさしき葉書来るながき病の底の辻より

おしいれにさあっと入るふくろうの籠もる洞さえわれらは持たず

ふくろうの円き目円き　霧雨にこころ萎みて帰り来る夜も

喉の羽ふるわせて鳴くほーと鳴く遠きたましい呼んでいるらし

てんでんに救われてゆく一生《ひとよ》なり「先生」などと今も呼ばれて

軽そうで案外重い溜まりたる写真の始末とおからドーナツ

人語を持たぬふくろうと暮らすすがしさよ鳴けば聴くのみただ思うのみ

きしきしとたましいが腰をかけている階段箪笥に写真しまえば

Ⅱ　不覚な「さよなら」

定時制高校に勤めていた

きさらぎへ　担任というつかの間の期限ばかりが胸でもたれる

蝶の羽根みずからの羽根にシフトして消えしｈｉｄｅ消えてはならぬと歌う

「お母さんはね、いっしょに死のうといったひと」紫のゴムで髪束ねつつ

心地よく壊れてゆける感触の歌は聴いても聴いても渇く

〈家庭訪問〉むだに終わりて水銀の流れのような川を渡りぬ

東京湾に夕陽と注ぐ川あれば赤い涙が流れつづける

心のための薬夜ごとに数えつつ恋もしなけりゃならない十七歳《じゅうなな》

自殺癖かかえる彼女の胸の帆の「張り切る」という言葉がひやり

明け方の風に揺れおりさなぎひとつ無になれず有にもなれずとろとろ

小さな小さな恐怖の集積たとえばあの日背中にムシを入れられたとか

午後四時のモーニングコールもう起きてもう二学期が終わりそうだよ

これでもう十三回目の電話にて見逃し、見過ごし、見殺しはいや

錠剤をとり出さんとして紙箱はたやすく剝がれもはや戻らず

瞳孔がひらきっぱなしの夜はあやうく渡りの群れよりはぐれても海

生きているふりする人形死にたくてたまらぬ人間すれちがう橋

〈家族〉という病巣をさらけ出すために彼女は幾度も生き直したが

〈その夜〉も向こうの橋には満員の列車響いて往き過ぎたろう

責めるべき〈大人〉のひとりになり果てて自転車倒れ込むままに哭《な》く

ほそき膝のあいだの闇を思い出すどこにも行けなかった十七歳の

担任は無色の言葉書き込みぬ意識もどらぬまま「留年」と

ロッカーに残されし分厚きバインダーと生理用品　いのちがあった

＊

「つまらない」とふらり寄り来て十九歳ぴっしりきれいな鶴折りてゆく

ぴくぴくとふるえるまぶた持つ彼に世界こそ一触即発の素

命令が出るか出ないか雲厚くなりゆく午後の「君が代斉唱」

未来などどかなぐり捨てても十九歳の自分のダンススタイル探し

転がって寄り合ってまた秋の底どんぐり拾った記憶もて　飛べ

ある夜はあやうき過去が噂され青年はあおき拳をさする

校門はさらり不覚な「さよなら」が交わせてしまえる場所なり今日も

日誌には「鬼畜米英」といまも書く七十三歳も生徒のひとり

わざとわざと愛されぬようにしていますイヤホンから音割れて漏らして

複雑な時代にささるキーワード探しあぐねつ　少女は死にき

裏門を乗り越えてゆくひとりいて背中の羽根がシャツから出てる

蛸壺よりわずかに伸ばした足一本喰われしごとく少年閉じる

逃げようよ下弦の月も滴りぬホールにふたつ空席のこし

死んだ子も死なせた子も死をおもう子もかの日分裂したままひとり

搭乗ロビーに並んで座る紺色の膝がしんしん大人びている

雷雲の中の機体のしずけさよ最後に泣いたのは、ねえ、いつだろう

胸に秘めしアルバムぱふりとめくりおり帽子を失くしたって言うから

南窓に羽虫びっしりつく夜の教室はいらだちが蒸していく

ドラッグもドロップアウトもドロ沼も〈現在《いま》〉の濁音　この耳に鳴る

この川はどっちに流れているんだろう簡単なことも澱む東京

斎場の階段の陰にひそみいて生にも死にもはじかれし記憶

白い貝殻紙につつんでポケットに押し込む　わたしがあげた海だよ

白鳥の群れそわそわと旅立ちぬ春よいつかは手放すひとり

*

ぬくぬくと銀の空調完備されアリバイづくりの言葉流れる

傷ついた若さを容れる容れものが腐ってゆくか腐ってゆくよ

雨に濡れ小鳥ぽろんと飛びおりる夕まぐれ今日は負けおくがいい

定時制高校統廃合反対デモ

提灯デモに雨落ちはじめ橙の灯をおのおのの傘に隠せり

中退の青年は美容師になりましてキラキラと新宿の名刺をくれぬ

「担ぎにいく」という子も多い

浅草の真夜中の辻、辻、辻に三社祭《さんじゃ》の担ぎ手さわさわと寄る

出てきた出てきた早朝六時の宮出しの三つの神輿の魂振られつつ

学校の夜のプールに灯点せばぴらぴらと寄る東京のコウモリ

「ようく眠れそう」と若きらつぶやけり水辺には忘れていたものがある

物語「朝の読書《あさどく》」用に縮められ〈もの〉の気配もはかなくなりぬ

学校からキャバクラに行く十九歳と揺られいるのみ夜更けの電車

ギラギラのあかりにまみれバイトする明日は堕ろしにゆく身体して

卒業式が「処分」の日になる時代から書きとめん青き手帳を購いぬ

入学式も卒業式も

手の焼ける教員われは受付に留まり居よと「職務命令」

予防訴訟（国歌斉唱義務不存在確認等請求訴訟）の原告団に参加

「立たぬ」理由どれだけ自分の言葉かと月の夜に記すわが陳述書

式場の「立たない」教師を生徒らはふりかえり見るわれはわれを見る

音信不通のひとりを思う車窓よりあかあかと彼岸花の群生

たとえば一台自転車あって朝までの時間でどこでも行ける気がした

百鬼夜行のあやかし「見えるひと」よりも「見ないひと」なる強き目が欲し

オオカミに育てられた子も生きられるそんな〈世界〉を夢みる霜夜

死は遠くまして自死などなお遠くあやうき強さで立ちし教壇

たやすくも「大人になれ」と促して大人のふりして追い詰めていた

鍵かけて廻る教室　管理などできぬ魂がうしろで嗤《わら》う

群発自殺のあやうさひそむ学校はいかなる死あれど「事故」と処理せし

「I can Fly !」と叫んで川に飛び込んで少年は転生する　映画では

Ⅲ　星の由来

切って繋いで細長き地図作りたりわがミシシッピーの旅のはじまり

マーク・トウェイン南軍より逃げ北軍にも入らずうろうろうろと若き日

ジャクソン島はいまも川面に浮かぶ森少年も奴隷も逃げ込むみどり

ミシシッピーとオハイオ川の出合う町カイロは古代の夢を冠して

ハックルベリーの筏迷うならあのあたり川と川呑み太るミシシッピー

少年ハックと奴隷のジムが素裸で川下るここメンフィスあたり

子どもでも奴隷でもなくハックとジムが星の由来を語り合う川

「星は誰が作ったものか」真夜中の筏で交わす言葉うつくし

ミシシッピーにたちまち南部の雷雨来てけぶれども川は水平たもつ

奴隷救えば地獄へ堕ちる時代あり川面にて「地獄」選びしハック

ニューオーリンズのクルーズ船は雨に打たれ打たれてもデキシーランドジャズはスウィング

ふわりだらりとスパニッシュモスが垂れ下がる南部の川辺　旅は終章

ミシシッピーは鳥の渡りの大経路人知よりはるかな路きっとある

*

砂と河、砂と海、砂と空まざり北イングランドの流れる大地

線路から海へと落ちる断崖にアザミなだれて英国晩夏

ヨークシャーの野は雨に閉じ四方より羊の気配だけが集まる

ベルゲン・ベルゼン強制収容所

ベルリンのクリスマス前のしずけさを旅人として行くナチ収容所

「労働は自由をもたらす」美しい言葉刻まれし死の門を押す

死臭の中にありても花や野菜など鮮やかに描かれしキッチンの壁

ベルリンの天井高きホステルになかなか明けぬ朝を待つ旅

国の「壁」ひとは越えたりトランクに潜み、地下掘り、気球を飛ばし

*

ピラミッド見上げるは陽を仰ぐこと直線の陰のほとりに立ちて

死もかつて夢の糸口ピラミッドの最下段に座し脚を遊ばす

彼方には王権の霊いくつもの崩れかけピラミッドけぶれる砂漠

ワニもネコもカバも神なりハヤブサもヒツジもカエルも神なりエジプト

暴かれしファラオの墓、墓、墓めぐる温きミネラルウォーター　ちゃぷん

バスタブが柩となりし古代あり横たわるとき生はあやうし

文明の中心非情に移りゆくクレオパトラ七世のいびつなコイン

アスワンのスークに果物売る少年ひめりんご「二ドル」からはじまるかけひき

エジプトの少年たちと

ぼこぼこのピンポン台されど打ち込めば歓声輝くアスワンの露地

エジプトより帰り来たれば「自殺過去最多」の記事ありじっとり盛夏

Ⅳ　ダメージ感

農業高校へ

賢治の言葉ふとオロオロと思いつつ立ち寄る生徒らの農場実習

泥にまみれ夕闇にまみれ実習の黒長靴は足に慣れゆく

ひとつひとつ農具の泥を濯ぎつつ土に染まってゆく生徒らは

上告の書類の束も耳そろえその朝《あした》地裁の判決を待つ

予防訴訟一審判決（二〇〇六年・難波孝一裁判長）

「勝訴」という思いがけない事件ありてこれから長き長き落葉

語り出しそうな巨木を見上げつつ「勝ち」より向こうに行けるかを問う

逃げることたやすく許すか十六歳探して公園めぐるたそがれ

秋に逃げ冬に痩せゆく少年に「どうしたいのか」問い続けたり

大破炎上しないさせない着地点さぐりつつ三月の成績会議

夜の校門いくたび抜けて今は知る雨の降り出しそうな闇色

十四歳《じゅうよん》の修学旅行　帰り来れば母は消えたり「それが思い出」

翻然と戻り来し母少年は獣のように捨て公園で寝る

ちいさなクラスに生れしちいさな権力も歯止めなければ若さ危うし

被害者がやがて加害の群れに入り暴けど暴けど根っこは見えず

警察に若者ひとり引き渡しうろうろとタクシーも止められぬ午後

警察に何を〈届け〉てきたのだろう学校という卑小のまもり

寒々と鎖骨見えたる喪服着て喪主の少女の寄る辺なき現在《いま》

生徒の母の葬列にいて霧雨に濡れてゆかんか生のこちらは

子をいくたりか育てる覚悟こののちの夢の地所など購《あがな》う秋の

退学の子に憎まれて冬桜ぎりぎりとまた捩《よじ》れたような

卒業哀歌若きが歌う二月には桜捩れて色をたくらむ

＊

式典ごとに「命令」が出る

ひきだしの「職務命令書」十枚を越えまた春が嘘っぽく来る

レントゲンの季節並みいるひとりひとり身の芯うるむように羞《やさ》しむ

たましいの散り方それぞれそれゆえにゆうべ集まり方もそれぞれ

手に馴れし角スコ持ちていつのまに腰が落ち着く青年ひとり

水注ぎふくらんでゆく園芸用水ごけ《ピートバン》眠りてみたし種になりて

わたしにはわたしの願い生徒らと微細種子まくこの春この日

屈まりてさわさわさわと除草してこんな低さも熟《つくづく》と愛す

暴力にまみれし日々を解体し青竹の垣根編んでいるひとり

すいすいと花活けている生徒らの園芸学びし四年目の指

「最後だし」「やろうよ」「そうだ」生徒らの言葉にわれはわれを見て来し

流れゆく雲遥かなる風見えて職退く覚悟遠くより来る

「今日の最初のめし」と夕べの給食を頬張る生徒がまたここにいて

卒送会で真似されているわれ「いつも怒ってる」とわが生徒ら笑う

もうわれの生徒にはならぬ受験生面接終えて寒き廊下へ帰す

問題の生徒と言われ続けたる四年の厚みへ答辞沁みゆく

「来なくていい」と言い放ちたる日もありき信じることもぎりぎりだった

父ひとり息子ひとり問題起こすたび学校に呼ばれ来し父ひとり

「ダメージ感がいいんですよね」破れたるジーンズ凛凛《りり》と風に肯う

離任式「生きている、それだけでいい」と言わせるかあの日自死せし少女

＊

「ＮＥＥＴ」なる新語が充ちるもがきつつ卒業してなお分類されて

東京の底を歩けば四角形の無数のガラスに映れる狂気

センセイと会いに来るひとりが纏いたる薄ら闇はらうためまず　笑う

世間ではＮＥＴのあわいの漂流者「でも、とりあえず」の乾杯をする

やったこと否やらなかったこといくつ並べつつ焼くタンのひらひら

火の上で椎茸ちぢみゆくさまを与太もとぎれたまま見つめおり

「やめなよ」と言ってほしくて独り来てさらさらざらざら語れる悪事

五年後を語り十年後をおもう今夜の帰り方は見えずに

クラッカーにとりどりの色を載せながら隣のひとも孤独を齧る

東京の川に伴走されながら眠れない夜を走る人あり

管轄とう言葉のはざまに川原あり河童・拗《す》ねもの・哲学者棲む

川になりて踠《もが》くこころを流したたしカワセミひとひら飛ばしてみたし

あのひと、あの子のつづきの日々を気にしつつひと世にはさむ栞《しおり》増えゆく

だいじな時にだいじな大人を持たぬまま刃の上歩む若者多し

都会には人の入れぬ川ながれ居るはずのなき生き物迷う

救うのは心ではなく技ならんたとえば川を渡りきる技

寝過ごしてむしろ時代は見えるだろう陽の中で夢を舐めつつ居りぬ

V light house

ひそやかに銃声響くスラムにて少年たちの吐き出す〈希望〉

少年は「男になる」といきりたち銃を「彼女」と呼びたるあわれ

みずからの銃声を聴き立ちつくす少年は耳から冷えてゆくのか

アレッポは石鹸の地とかつて知る　内戦の報《しら》せにあわ立つ耳は

入れない国がいくつもあることを空港に思う地球にも痣

＊

差も別もあからさまなるニューデリー駅前いきなり混沌のなか
寄り来るはもの売りもの乞い「ノー・サンキュー」と応えつつ声のうわずってゆく
一ルピーのために寄り来て宙返りくるりくるりと少女は見せる

山あいをだくだく流れリシケシのガンジスは青黒き大蛇で

灰となり流されるためガンジスに添いつつ老いてゆくひとの群れ

父と子と痩せたるからだ濯ぎおり青黒きガンジスの流れの淵で

隔てなく寄り添う生も死も舐めてときに霧吐きガンジス下る

*

「灯台」は「light house」かそんなふうに言い換えてみたいわたしの生も

スマトラ島沖地震

ピピ島の地図に「ムスリム村」あれど白き大波に村は消えたり

海岸補修のボランティア

集いたる短パン・ビキニ・サングラス「奉仕」などいう気負いもなくて

砂地より黄色きカーテン掘り出せば波に呑まれし半生ゆらぐ

にせものの時計売るタイの青年の「コーク代」おつりより抜き取る手

花の香がまぶたの上をなでるとき見えないものも施術されゆく

モンスーンの海に小舟は揺れやまず船縁かたく摑むわれの手

髪を編む小さな手業売る少女ビーチにイスをひとつだけ置き

＊

アジア児童文学大会

アジアより研究者満つ台東の議場に夏の蠅払いつつ

大会のテーマは生態《エコロジー》および全球化《グローバル》民族の主張ときに軋むも

議論ひとときの休憩となり山盛りの果実に群がる学者も蝿も

台東は果実豊かな有機の地「蝿は友」との言葉に沸けり

Ⅵ　共に見る

二〇〇一年秋・修学旅行

「ここも」「ここも」「一家全滅の荒地です」タクシーは沖縄の深みを曲る

天然のガマが苦しき壕となり弱者ますます弱者なる闇

軍人の去りたるのちは墓となる糸数壕の最奥の洞

死者黒く染みこんでいるガマの岩「軍民一体」となりたる果ての

生徒らがふりむいたとき…そこにいてガマの背後の闇　共に見ん

うす青きイトトンボとべ蒸し暑きガマの真水の匂い忘れず

摩文仁《まぶに》の丘の小さな池に生徒らは亀追いかけているばかりなり

献花売るおばさんに少女ら気圧されてハイビスカスの赤を買いたり

「生理なんかとまっちゃうのかな」地下壕のジオラマにさえ命の昏さ

「平和の礎」に刻まれているのは国別・都道府県別の戦没者の名

「平和の礎」黒く甚大すぎるゆえとりあえずわれらが「東京」探す

台風の近づく摩文仁の丘に立ち負けるな最後の集合写真

*

二〇〇三年夏・座間味島

季節があえば鯨が見えるこの海に時代違えば軍艦見えし

小さい島の山と呼べないような山の中腹に集団自決の地あり

今も昔も街角に魔物棲むという膝の高さの石敢當《いしがんとう》は

展示されていた特攻艇「震洋」はベニヤ張りのモーターボート

特攻艇真っ青に塗られいしことの「あ、海の色」港で気づく

われの命の音だけかすか響きおりシュノーケルして海覗くとき

自在なる魚の動きをぎこちなく覗き見ており海では独り

海中に音なく魚が舞い、祝う、揺らぐたましい鎮めるように

醜さも弱さはかなさも面白しつくづくと『海の生物図鑑』

島の名をひとつひとつと示しくれるおじいは見えぬ島の名も呼ぶ

海よりあがりし精霊のような少女らに時間を問われ時間に気づく

雲の中もそりと夕陽は消えゆきて迷いたるたましいのような日没

座間味島の夜間断水続くゆえおもいておもいて眠るほかなし

肩に風するりと流れふりむけば早朝の銀の海に呼ばれる

三歩目で海へと潜りゆく刹那背骨ある身を空にさらせり

ああこれぞ大ぶりの時間《とき》　海底をゆるゆる漁るウミガメに遭い

*

二〇〇五年春

ジェット機はひとすじに消ゆ夕焼けに火傷のような雲を吐きつつ

首里城のはずれより下る石畳膝にやさしき五百年の苔

金城の石畳道に西陽射し膝より胸よりわれは満ちゆく

石塀にブーゲンビリアこぼれ咲き石畳ゆく足音は　蝶

三百年溜まりし影の底に立ち首里金城の大アカギ見上ぐ

ハブカズラ・クワズイモ・シマオオタニワタリ着生たのしき大樹のめぐり

焦げついた目をもつひとりを連れ出して東京のはずれを脱出しよう

帰るきっかけどこかでさがしているふたり逃げて来たのにオキナワは晴れ

「友だち作りに来た」青年に居酒屋で声かけられる国際通り

平和通りの雑貨店にフクロウが飼われていた

客の来てフクロウに手を差し出せばぐぐぐと顔をそむける愉快

客はみなしきりに声をふくらませフクロウ愛でる雑貨屋流行る

泡盛は激しいくらい透明であやうき嘘をなめながら酔う

わが覗く橋の下には海があるつながりたい青つながらぬ青

ほんとうに言うべきことから逃げてきて大橋の真中もどるに遠く

すれ違いゆき違う熱をためこんでゆらぎつつ弧を描く大橋

灯台の白き階段めくるめく昇りきったら漂流の風

＊

二〇〇七年夏・やんばるの慰安所跡をたどるフィールドワーク

吐き気して読む記録ありやんばるの藍色の川の蛇行のほとり

異国より奪われ来たりし少女いて「死んではだめか」と問うひともなし

慰安所は十日あまりで建ちしとうジェンダーが闇に凝りし時間

列をなす生物となりしニンゲンが陽のもとに晒す醜き列を

強制・連行・慰安せよとう国策の号《おら》ぶ時代に〈女〉はいない

＊

二〇〇八年秋・修学旅行

右もフェンス左もフェンスの基地の島われら閉じ込めバス北上す

沖縄戦のビデオで知ったさとうきびざわわ生徒らの目の前にある

今日は大潮　磯にさざめく生徒らの背後には特攻艇潜みしと

「軍は人を守れない」この直截に隣のガマでは集団自決

ガマから戻る途中で歩けなくなる子肩を抱けば汗まで重く

小雨決行！　辺野古の海に生徒らの漕ぎ出すカヤックゆれて彩々

兵士募集のポスターに使われるとぞジュゴンの海の米軍キャンプ

人型の標的も撃てるようになるきっとアメリカの貧しい兵士

共に見ることは時には難しく手のひらの錠剤数える少女

一日の果てなさに潰れてしまわぬように南の音楽に揺れてるひとり

成人生徒もマリン体験に興じつつライフジャケットの下の刺青

＊

二〇一五年夏

「コンクリートに割れる珊瑚の悲鳴」とぞ辺野古より友のメール届きて

修学旅行の生徒らと遊びし大浦湾に「座り込み４１３４日」の看板

本土よりごっそり土を削り出し投げ入れるのか辺野古の海に

一ヶ月の工事中止期間だった

大潮の干潟にコメツキガニ群れて座り込みの午後ほろほろ明るし

反基地の海辺のテント　ゆるゆると福島、川内へゆんたく続く

米軍の訓練場も高江村も緑はうるうる　境目見えず

緑深きやんばるの基地に境なく農のひと・子どもら標的になる

職を転じ生き方シフトしようかと泡盛飲みつつ語り出す君

Ⅶ　もやい直し

権力がひとの群より削ぎしもの京《みやこ》に秀吉の耳塚鼻塚

出兵の〈戦利品〉とて供養されし耳より鼻より異音は漏れる

沈む村谷中の泥より正造の無念浮かびて今の世を問う

正造の没後百年　南吉の生誕百年　無念は還る

*

丘の上の陸軍研究所登戸《のぼりと》のだれもが見上げだれも語らず

登戸の町を調べて高校生の小さきシャベルが〈時〉を掻きだす

登戸と七三一部隊つながれば細菌兵器は足元にあり

やがて知る　登戸の「動物慰霊碑」の動物に人間も含まれしこと

「戦争の科学化」として風船で細菌兵器飛ばすも作戦

偏西風に二昼夜半でアメリカへ風船爆弾の緻密ながれ

風船爆弾巨大な和紙を貼るときは少女の手のひら刷毛となりたり

登戸の陸軍研究所資料館蛇口、窓枠、「あの日」のままに

ワクチン開発がウイルス兵器の開発へくるっと変わる戦時のある日

敗戦の湮滅《いんめつ》工作登戸に煙は長く長くたなびくと

＊

科学極まりあるときヒトを超えてゆくロスアラモスも登戸もまた

美しい美しい夢だった発光に「放射能」と名づけし女性

マリー・キュリーとアインシュタインが科学的未来を語り合いし夏山

校庭は被爆死の父母を焼いた場所あの夏ナガサキの少年にとって

敗戦は遠けれどヒロシマの鐘を打つ茶髪の青年、異国の少女

〈平和の鐘〉わが打つ音もヒロシマの夏に消えゆく平凡でよき

被爆地に苦しきカンナの芽吹きありて花を憎めるこころもありや

解せぬ技術が溶けだしているひまわりの伸びてゆくさえ胡乱《うろん》の大地

「キュリー夫人」が「マリー・キュリー」になりてなお問うは険しき科学者の責

*

館山の「かにた婦人の村」訪えばジャムにならんと灯る橙《だいだい》

女らの売春の果ての保護施設いまも教会の鐘鳴る小山

蟹田川ちいさき川のほとりにはちいさきものらほつほつと棲む

蟹田川に沿い登るわれもおんなになら飾りにも手段にも道具にもなる

戦後四十年ほど過ぎてようやく

婦人の村のもっとも高き地に刺さる「噫《ああ》　従軍慰安婦」の碑は

民主主義の〈民〉にようよう入りたる女らのさくら・はなびら・言葉

*

九州の旅のはじめは水俣と　わが世の宿題ひらく覚悟で

魚が浮かび猫が狂いてやがて人かく簡単な方程式なるも

胎児性水俣病の子多く生まれ泣きし夕べにわれも生まれし

「狂い死ぬのは怖かったろう」水俣病資料館に若き職員つぶやく

汚染魚をドラム缶三千本に埋め立てし「エコパーク水俣」いま若き森なり

水俣生まれの冨吉さんは中学生の父として語る〈もやい直し〉を

水俣の〈もやい直し〉の対話まず約すとぞ「最後まで席を立たない」

食べて病みしは食べて治すと有機農法ひろがる水俣は山深き郷

＊

劣化ウラン弾

半減期四十五億年ほどの毒に戦車は貫かれたり

目に見える戦車は風化してゆくも目に見えぬ毒は散りおり風に

六ヶ所も辺野古も同じ構図にて机上に引かれし線の甘さよ

「夢を歩く」と鎌田慧はサインしたり六ヶ所村のルポに残る字

満州より引揚げの人ら拓きたる六ヶ所村をまた国が盗る

Ⅷ　本の蚯蚓

教員をやめて本屋を始めしわれを「人生二毛作」なる記事に眺める

遠くまで見通せる空のなき街に燃えるようなり今年の公孫樹《いちょう》

ふくふくと蕎麦屋の蕎麦猪口ながめたり呼び出したいなあたとえば狸

言いたきことの半分も言えず半分は蕎麦湯が沁みるほどあたたかい

クリスマスローズ植えたり季はめぐりひとまわり小さく白く花咲く

つやつやと黒の土鍋で炊きあがる白き起源を君と分けあう

蛞蝓《なめくじ》は冷えて雨降る春の夜にすっかり喰いたりビオラのつぼみ

モノクロ映画のおみなパタパタもの畳むしぐさ美し怒りに満ちて

お年玉出し合い幼き兄弟が『文明の迷路』迷わず買えり

贈与という遠くしずかな思想ありラッピングペーパー一枚ひろげ

春の雪　店に籠れば葉籠りのつぼみがちりりと鈴の音鳴らす

二〇一一年三月十一日

高層より赤ちゃんとママと降り立ちてあらためて抱くたよりなき地に

余震つづく暗き街より訪ね来て赤ちゃんとママと絵本をひらく

ファンタジー遠くにありてここにもあるこころの地図を守ってほしい

岡本太郎展

太陽は与えるのみと言い放ち太郎はわずか生誕１００年

縄文式土器は影ごと深きものと太郎はシャッター切り直したり

「坐ることを拒否する椅子」には怒りあり笑いありやがて立ち上がるのみ

歩き出すこともできずにわが庭のビルベリー汚染の雨に濡れたり

この街もホットスポット夏かけてビルベリーの実り続ける孤独

師のメール夜明けに届き問い深し今朝の林檎は歯にすずしけれ

ホットスポットと名指されし街をそっと去る幼子は知らず抱かれながら

＊

一人旅に君は出たがり落ち合うを約すは竜馬とおりょうの霧島

病より還れるひとりともんじゃ焼くなつかしき手がひらひら白い

映画果て立つ時ふたりなんとなく笑ってしまう　そして明るむ

蓮根の素揚げさくりとじんわりと水のあまさや泥のあまさや

ひさしぶりにこころ刈り込む仕事してローズマリーの匂うてのひら

バナナマフィンのほのかな味に綻びる脳ありて書評一本書き出す

米こうじ醸して甘酒つくる夜は鼻の奥なる虫も笑いぬ

ローズオイルの手づくり石鹸溶けやすく包むごと夜の風に当てたり

巻きついた臍の緒の記憶首にあればセラピーに首赤くなるとう

雨がふと雪に変わった午後四時に目覚めさせたいひとりの原野

冬は葉の代わりに星屑ともるからやっぱり欅《けやき》も伸びたいのだろ

半年をカゴに乾きし球根の植えればたちまち紅き芽を張る

わが子育てしことなきわれも「子育ては迷いながら」と聞けば温とし

*

くしゃみの流儀ひとそれぞれの響きにて春先に風、ほどけ、ほどける

ふくろうの風切り羽が十数本換わる時間を一年と為す

その身撫でればさっと飛び去るふくろうと距離保ちつつ四年を過ごす

メイドカフェ・猫カフェ・ふくろうカフェ流行りほのぼのと〈癒し〉売り買いされて

空腹を訴えて鳴くこの禽はもはや「家ふくろう」という新種なり

ふくろうの召使いでございますとウズラ捌《さば》くも巧みになる手

くるっくるっとふり返りつつ肉を食む野にあらばこのふくろうも被食者

狭き部屋でもふくろう飛べば風起る野を滲ませる羽根の大きさ

抜け落ちた羽根が気になるふくろうはカシカシ噛みて食いてしまいし

時にその身ぶるぶるっとしてふくろうはひとの気配を羽根にはじくや

日にいちど律儀に吐けりペリットとう浄化のかたまり誉めたきほどの

眠ければ羽根ごとゆるむふくろうの丸き顔盤もつぶれてゆきぬ

わが鼾《いびき》に呼応して鳴くふくろうを君は笑えり　明け方のこと

子どもらに「フーちゃんのママ」と呼ばれおりふくろうと並んで店番すれば

ぴんと張る果皮もて朝のマスカットひとつぶひとつぶ決意をひらく

二十世紀とう和梨届きぬ福島より放射線量書き添えられて

赤や黄の落ち葉や緑の南瓜などいただいて店は五年《いつとせ》深む

クリスマス

霜月より包んで包んだ本たちがひらかれているだろう今宵は

あるはずのない窓越しに空を見る鳥に鳴く月浴びるふくろう

*

朝の憂いはひたひたひた　たとえば二十余年飼いたる亀を失いしこと

店の盗難事件

てきぱきと靴底とられ指紋とられ捜査終わりて割れ窓のこる

ポスティング

今日もまた歩いたことのない街に呼びかけるごとチラシ配りぬ

茜とう地名残りてわが配るチラシもほのか色づく心地

夕暮れてゆく街並みを見晴らして坂の上ここでチラシは半分

ポストの陰にギボウシぽっと明るくて胸のさみどり絞り出される

まだ堅い木々の芽と今は対峙して冬には冬の商売がある

また、盗難未遂

「建造物侵入未遂」と警官は名づけしのみで帰り行きたり

スニーカーの跡残る店の白壁のうすらさむさよ節分の朝

豆腐屋、本屋、和菓子屋のある町がいいと言いくれしひと豆をくれたり

わが町に風巻いてきて降り溜まる汚染の雨に色はなかった

北からのセシウムの雨は土に刺さり年経て春の山菜呻く

わが育ちし柏はかつて軍都にて首都防衛の駒たりし町

その昔幕府の馬の放たれし牧はろばろと飛行基地となる
柏にはロケット戦闘機「秋水」の燃料貯蔵庫が残っている

ドイツよりからがら届くロケット機の図面は粗し「秋水」となる

劇薬を混ぜてロケット「秋水」は飛ぶ…こともなく敗戦となる

十二番目の開墾地なる十余二《とよふた》も拓きてやがて軍にとられし

ああ赤が似合いし　落ち葉の舞う冬に亡くした友が鮮やかすぎて

こころもあたまも不可視の宇宙ふたつながら抱えて言葉しぼりたりしよ

わが店に購いくれしうつくしき絵はがき幾枚残して逝きしや

熊手もて掻き集めるほどの実《じつ》もなきぐろおばるあはれ　踊るな踊らず

＊

公園はすでに炎熱　葉月なる代々木よりあい原発を問う

ストリート・ライブに足を止めるように反原発デモに足を踏み出す

パレードの「げん、ぱつ、いら、ない」若きらのリズムが身体に残りてはねる原子力のおはなし書かれて五十余年児童書にそは「第二の太陽」

福島に増える野良牛東京に滂沱《ぼうだ》の牛となりて走り来よ

国道を下るたび「ここまで津波到達」と看板のあり三陸のみち

生没ともに大津波の年という賢治イーハトーヴォ海岸にしばしば遊ぶ

大槌町の被災地過ぎて吉里吉里小学校、吉里吉里神社、高台にあり

防潮堤いるかいらぬか迷いのうちに復興計画だけが膨らむ

海に津波　山に山火事の難ありて集落とは彷徨いの果ての落ちどころ

この国に住めない場所のあることをわが反骨の鈴音とする

山々に黒きビニールの固まりのこれだけ並べば充分の罪

年長の友は原発も基地建設も「止める」が人生最後のつとめと

「原子炉」とうほのあたたかき命名にだまされるなとアーサー・ビナード

放射能降りたる森にどれだけのふくろう遺伝子傷ついている

災害に動物亡くせし人あまたどこまでもおのれ責めて夜は来る

*

ひとを思うに「校了」はなしされどまた「校了」の覚悟秘めつつ向き合う

そもそも大地が割れて動いていることを見過ごして絵本『地獄』が流行る

駅前にブックセンターとブックオフ開店しわれはそのあいだ行く

切り株のまわりに座ってくださいな　言葉分けたいひととひとたち

器という字に口四つあることのすこし怖くてどこか愉快で

古本市準備会

「やろうよ」と言いだしており青年に『古本市』の本売りながら

「本の街」とはどんな街かときりもなく語れり夢は定義をこえて

捨てられぬ本ばかりなり手から手へ知は匂いたつ古本市に

まず少し歩いて再訪の鴨川に空を言祝《ことほ》ぐ千年の空

伝説の京都の本屋のあの主！　と思いつつ会計終える「おおきに」

ひやしあめ作る商いもひとつ消ゆ町屋のカフェで氷からころ

友が濃くこっくりと京都弁になる湧き水を汲む人らと交り

本屋もカフェも斜陽産業　地球には小さな負荷です居させてください

夜間高校も始業の時間店に並ぶ本の表紙も灯れるごとし

収めし袋が破れないかと気になりぬ本は重くてその重さ売る

本の店に本の蚯蚓《みみず》となるごとし　並べ、並べ変え、書棚耕す

蔦紅葉でんしんばしらにくっきりとまたとない秋を昇らせている

絞るちからは生き直すちから藍染の唯一無二のシャツの紋様

図書カードの残りを確かめ少年が買いくれし本の名残りのすきま

蜂も鳥もまろやかに一群れの数たもち一億年のその清澄さ

鳥や風が落してやがてここに育つ思いがけないものこそが　夢

すべからく書物は緑より成るゆえに書棚は深く木の香り増す

解説　世界と向き合うやわらかな心

松村由利子

奥山恵さんは、二〇一〇年から千葉県柏市で児童書専門店「ハックルベリーブックス」を営んでいる。この歌集には、書店経営に携わる今と、都立高校教諭として勤めていたころ、両方の歌が収められている。世界は軋み続けており、どちらの日々も容易ではない。けれども、閉塞感に満ちた中で、奥山さんは何と誠実に詠みつづけてきたことだろう。

裏門を乗り越えてゆくひとりいて背中の羽根がシャツから出てる
傷ついた若さを容れる容れものが腐ってゆくか腐ってゆくよ
「来なくていい」と言い放ちたる日もありき信じることもぎりぎりだった
卒送会で真似されているわれ「いつも怒ってる」とわが生徒ら笑う
「I can Fly !」と叫んで川に飛び込んで少年は転生する　映画では

定時制高校の現場は厳しい。自傷行為を続ける少女、中退して働き始める少年など、詠まれている生徒たちの状況はさまざまだ。一首目で作者は、「裏門を乗り越えてゆくひとり」の背中に「羽根」を見る。ファンタジックな一首のように読めるが、その姿に何か危ういものを感じている、伏線の一首とも解釈できる。本来ならば、生徒たちの抱える「傷ついた若さ」の「容れもの」として機能するのが学校だろうが、組織を守ろうとして「腐ってゆく」現状がある。二首目のリフレインには、生徒の死さえ「事故」と処理されてしまうことへのやりきれなさが滲むようだ。三首目の「来なくていい」は本心ではなく、生徒を奮起させようとする言葉だ。きっと信頼に応えてくれるはずだと信じながらも、自身が切羽詰まった状況に置かれていたことが結句から分かる。「いつも怒ってる」と評される四首目には少し笑いを誘われるが、怒るには愛情と信頼という多大なエネルギーを要する。生徒たちは、そのことをよく知っているのだ。卒業生を送る祝会で真似されるのは、教師にとって勲章のようなものであるはずだ。

最後の歌は、一首目と呼応するような歌で、生徒を死なせた経験を暗示している。その苦しい体験は一度ではなかった。「映画」ではめでたく転生を果たしても、現実世界では命を落としてしまうのに……という無念な思いが満ちている。

学校や生徒を詠むときに用いられる口語表現は、やわらかさではなく、リアルな手ざわりを歌にもたらしている。時にぎくしゃくとつまずくような調べを帯びるのも、作者の葛藤や苦しさをよく伝えるものだ。

今日は大潮　磯にさざめく生徒らの背後には特攻艇潜みしと
ひそやかに銃声響くスラムにて少年たちの吐き出す〈希望〉
一ルピーのために寄り来て宙返りくるりくるりと少女は見せる
胎児性水俣病の子多く生まれ泣きし夕べにわれも生まれし
わが育ちし柏はかつて軍都にて首都防衛の駒たりし町

旅の歌の多いことは、この歌集の特徴のひとつである。とりわけ、修学旅行の生徒らを引率して訪れた沖縄の歌は多く、戦跡と基地を抱える風景が多面的に切り取られている。一首目は、若くして散った命と生徒たちの生が、時を超え、ひとつの地点で交差する。二、三首目は海外詠だが、そこでも作者の目は幼い者たちに注がれる。紛争も貧困も、一番弱い存在に対して最もダメージを負わせるからだ。

自身に引きつけ、歴史を捉え直した作品が多いことにも注目した。水俣への旅を「わが世の宿題」と位置づける作者は四首目で、同時代に生きる者として痛みを分かち合う覚悟を見せる。生まれ育った地にかつて陸軍飛行場があった史実と向き合う五首目は、自分の生まれる前の歴史をも引き受けようとする思いを感じさせる。

第一歌集『「ラ」をかさねれば』にも、教育現場の苦悩など現代社会の息苦しさが詠われていたものの、全体としては平穏な愛と暮らしがこまやかに表現されていた印象が強い。十九年ぶりにまとめられたこの歌集に、作者の思索や歴史認識が濃く滲むのは、世界情勢に対する危機感の表れだろう。

数々の作品から見えてくるのは、奥山さんが決して世界を一刀両断にはしないことである。高度情報化した現代社会は到底つかみきれるものではなく、限られた情報を鵜呑みにしたり思考停止に陥ったりする危険性に満ちている。しかし、奥山さんはあくまでも自分と関わる一つひとつの事柄を手がかりに、丁寧に世界を読み解こうとする。

ふくろうの風切り羽が十数本換わる時間を一年と為す
蜂も鳥もまろやかに一群れの数たもち一億年のその清澄さ
放射能降りたる森にどれだけのふくろう遺伝子傷ついている

歌集の魅力的なアクセントとなっているのが、彼女の飼っているふくろうの「フーちゃん」の存在だ。教師の一年は入学式に始まり卒業式に終わるが、作者はふくろうの換羽によって季節の巡りを知るようになった。こうした時間の区切り方の変化が、恐らく二首目のような生命史の把握につながっている。「まろやかに」の対極にある増え方をした人類は、この先どう生きるのか、という文明批判も込められていよう。三首目は、作者にとって最も身近な動物である「ふくろう」の未来を憂え、原発事故、そして原子力行政を支えてきた政治を批判している。もちろん、「傷ついている」のは「ふくろう遺伝子」だけではない。
　奥山さんの経営する書店の名は、マーク・トウェインの名作に由来する。彼女はインタビューされた際に、児童文学の魅力は、子どもが社会のなかで生き方を探りつつ成長するプロセスにあると語っている。学校へ行かず、自ら学び成長してゆくハックは、奥山さんにとって何よりも輝かしい存在なのだ。

　ハックルベリーは少年の名また果実の名風に昂り伸びゆくみどり
　子どもでも奴隷でもなくハックとジムが星の由来を語り合う川

　奴隷制度の残る時代の米国を舞台にした物語には、ハックが悩んだ末、黒人のジムと互いに一人の人間として向き合う場面が美しく描かれている。この二首は、奥山さんが大事にしてきた自らの原点を思わせる。何ものにも束縛されないハックの自由な精神性こそ、彼女の追い求めるものではないだろうか。だから、この歌集には、人間の尊厳や自由を損なう戦争や貧困、差別といったものに対して「否」を突きつける歌が多いのだ。「ハックルベリー」という店名は、高らかな言挙げでもあったと思う。

ジャスミンと鉄観音のブレンドでわれは腹から草になりたい
待ちながら暮れてゆく店お話の中ならそろそろ子狐も来る
鳥や風が落してやがてここに育つ思いがけないものこそが　夢

奥山さんの抒情の本質とも言うべき、少年性を秘めた涼やかさは初期からずっと変わっていない。草になることを夢想するひととき、子狐を待つ夕暮れ――こうした時間を胸に、奥山さんはやわらかく現実世界に立ち向かう。楽しい空想を詠っても甘くなり過ぎず、知的に社会批判してもスローガン的にならないのは、独特のふとぶととした息遣いが奥に潜むからだろう。

三首目に詠まれているのは、自らを規定せず、常にひらかれた心境である。そうしたハックルベリーのような心で世界と向き合ったときに、初めて見えてくる風景があり、芽吹く夢がある。苦悩する世界の断面を切り取りつつ読後感がさわやかなのは、奥山さんの心が常にハックと共鳴しているからに違いない。

あとがき

この歌集は、『「ラ」をかさねれば』（雁書館　一九九八）に続く第二歌集である。続くと言っても、気がつけば二十年近い年月が流れてしまった。第一歌集を出した頃、私は定時制高校に赴任したが、本歌集に収めた学校の歌が示す通り、あやうく命を保っているような、また、保ち切れないことすらある若い人々の姿に、教員としての無力を感じることが少なくなかった。生徒たちの背景を探っていくと、そこには社会のさまざまな矛盾が横たわっていて、実際に、世紀をまたいで、9．11や3．11が示したような世界の危うさに対しても、無力感はつのるばかりだった。そんな日々の中で、ものを考えるよすがとしてきたもののひとつが、私にとっては児童文学だった。その研究のために機会あるごとに旅もし、やがては児童書専門店を開業するということにもなったが、店を始めたら始めたで、資本主義経済の矛盾にも直面し、これまた小さな店の無力を痛感することも多かった。

この時期、歌は、そんな矛盾に満ちた世界のありようと、自分の小ささを、ただただ書きとめていく場だったように思える。積極的に訴えたいことがあって歌にしたわけでも、核となるテーマを主体的に深めていったわけでもない。気がつくと、毎月「かりん」誌に投じていた歌は千五百首あまりにもなっていたが、それらを一冊の歌集に編むだけのプランも核も見出せなかった。

こうして、あとがきを書く今になっても、この歌集は自分が作ったものとはとうてい思えない。昨年末、本屋を始めてからお世話になっているコールサック社の鈴木比佐雄さんに、「ＣＯＡＬＳＡＣＫ銀河短歌叢書」創刊のお話を聞き、その一冊に加えていただく決心をしたのも、鈴木さん自ら「かりん」誌二十年分の拙歌を読み、そこから歌を拾い、章立てまで考えてくださるという提案が、まずはありがたかったからである。解説は、歌人としてはもちろん、児童文学の世界でも活躍されている松村由利子さんにお願いしたが、歌集全体を丁寧に読みとって、私がこだわってきたものを整理して示してくださった。そして、表紙絵は、その世界観が大好きで、店でも何度か原画展をさせていただいた北見葉胡さんにお願いした。歌を通して私が見てきた世界の矛盾もいのちの彩りも、深い色合いで表現してくださった。こうした方々のまなざしとお仕事を通して、私にも、自分の歌集の意味がようやく見えてきたように思える。

たしかに、この二十年ほどの日々、訴えたいことがあって歌を作ったわけでも、確たるテーマを深めてきたわけでもないが、しかし、歌に書きとめることで、私は、世界の矛盾にただ打ちのめされたり、ただ翻弄されたりすることから逃れ、生きる意味を考え続けてこられたのかもしれないと思うのだ。

矛盾といえば、ペットとして生まれたふくろうとはいえ、野生にあるべき動物を飼っていることもまた、大きな矛盾である。表紙のふくろうは、北見さんの手によって、愛しいわがフーちゃんそのままに描かれているが、本来、窓辺にいるはずのないふくろう。せめてその異質なまなざしといのちを慈しむことで、世界の矛盾を見逃さないでいられたらと思っている。

歌集出版に際しまして、これまで毎月の作歌を見守り続けてくださった歌林の会の馬場あき子先生、岩田正先生はじめ、弥生野支部の影山美智子さんや歌の仲間の皆さまに、心より御礼申し上げます。ありがとうございました。そして、この歌集を形あるものに作りあげてくださった鈴木比佐雄さんはじめコールサック社の皆さま、松村由利子さん、北見葉胡さん、ほんとうにありがとうございました。たくさんの方々のおかげで、「自身の一番よいところから、よい形で出すのが理想」と言ってくださった馬場あき子先生のお言葉通りの歌集になったと、少し胸をはっています。

二〇一七年九月　　奥山　恵

奥山 恵（おくやま　めぐみ）略歴

千葉県生まれ。短歌結社「歌林の会」所属。1995 年、第 15 回かりん賞受賞。歌集に『「ラ」をかさねれば』（雁書館）、『窓辺のふくろう』（コールサック社）。評論集に『〈物語〉のゆらぎ』（くろしお出版　2012 年、第 45 回日本児童文学者協会新人賞受賞）。2010 年より児童書専門店「Huckleberry Books」店主。
現住所　〒 277-0085 千葉県柏市中原 2-2-33

石炭袋

COAL SACK 銀河短歌叢書 5
奥山恵 歌集『窓辺のふくろう』（かりん叢書 No.307）

2017 年 10 月 17 日初版発行
著　者　奥山　恵
編　集　鈴木比佐雄・座馬寛彦
発行者　鈴木比佐雄
発行所　株式会社 コールサック社
〒 173-0004　東京都板橋区板橋 2-63-4-209
電話 03-5944-3258　FAX 03-5944-3238
suzuki@coal-sack.com　http://www.coal-sack.com
郵便振替　00180-4-741802
印刷管理　（株）コールサック社　製作部

＊表紙絵　北見葉胡　　＊装丁　奥川はるみ

落丁本・乱丁本はお取り替えいたします。
ISBN978-4-86435-312-0　C1092　￥1500E